KB062056

부러진 나무에 귀를 대면

시작시인선 0252 부러진 나무에 귀를 대면

1판 1쇄 펴낸날 2018년 3월 1일
1판 2쇄 펴낸날 2018년 9월 27일
지은이 김응교
펴낸이 이재무
책임편집 박은정
디자인 이영은
펴낸곳 (주)천년의시작
등록번호 제301-2012-033호
등록일자 2006년 1월 10일
주소 (04618) 서울시 중구 동호로27길 30, 413호(묵정동, 대학문화원)
전화 02-723-8668
팩스 02-723-8630
홈페이지 www.poempoem.com
이메일 poemsijak@hanmail.net

ISBN 978-89-6021-358-6 04810
978-89-6021-069-1 04810(세트)

값 9,000원

*이 책의 국립중앙도서관 출판시도서목록(CIP)은 서지정보유통지원시스템 홈페이지(http://seoji.nl.go.kr)와 국가자료공동목록시스템(http://www.nl.go.kr/kolisnet)에서 이용하실 수 있습니다.(CIP 제어번호: CIP2018005320)

부러진 나무에 귀를 대면

김응교

천년의 시작

시인의 말

은하철도 타고 있다 돌아오니
많은 사람이 별이 되었어

영양실조에 걸려 있던 모국어 가까스로 숨을 쉰다

2018년 2월 21일
김응교

차 례

시인의 말

프롤로그 욱욱한 맛

끼니 ——— 13
단추 ——— 14
대 ——— 15
딱새 ——— 16
야래향 ——— 17
어김없이 술 취해 오셨는데 ——— 20
비린내는 내 친구 ——— 22
입궁入宮 ——— 24
지렁이가 듣는 노래 ——— 26
늙은 진주 ——— 28
경전 ——— 29
겉절이 ——— 30

제1부 초밥의 이력서

초밥의 이력서 — 33
비행기 — 34
남아 있는 맛에 대하여 — 36
메들로 뽕띠 — 37
위장과 대화하다 — 38
구름사막에 살아 — 40
사시미 — 42
세뇌공장 — 44
곡우의 속삭임 — 45
송광사 쇠붕어 — 46
나의 요릿집 메뉴 — 48
소년을 찾는다 — 50
쑈쑈쑈 — 52
언제 춘향을 봤냐구 — 54
출세出世하라 새여 — 56
야생마 — 58
깜짝 — 60
흰꽃황후나비 — 61
파피용 — 62
환幻 — 64
저這 — 65

제2부 사과우체통

성聖 지린 ———— 69
사과우체통 ———— 70
독특한 책 ———— 72
봄 ———— 74
성냥 ———— 75
혀 ———— 76
장미를 위하여 ———— 78
불법체류 ———— 80
아프리카 표범에게 ———— 82
야쿠자데이 ———— 84
기계충 ———— 85
나는 트렁크 ———— 86
사소한 탄생 ———— 87

에필로그 재미없고 힘들 때

비루한 — 91

세상의 모든 숲 — 92

재미없고 힘들 때 — 94

밥 딜런이 밥 달라고 — 96

눈 감아도 여전히 — 97

보이지 않는 — 98

잠깐 불빛이라도 — 99

연탄불이든 촛불이든 — 100

지루하고 잔혹했는데 — 102

왜 내 눈에만 보이는지 — 105

그의 묘 — 108

밀물 기다리는 침묵 — 109

해 설

정우영 연민과 긍휼의 연대 — 111

프롤로그 웃웃한 맛

끼니

곡물을 포옥 고아 체로 걸러낸 맑은 시
한 수저씩 떠먹으며 버티는 목숨

멀리 별빛으로 떠 있는 시를 고아서
체로 걸러낸 걸쭉한 미음

단추

옆 사람이 심하게 졸고 있다
객차가 흔들릴 때마다 내 어깨에 머리를 박는다
검은 넥타이를 보니 상가에서 밤새우고
자부럼 출근하는가 보다

와이셔츠 단추 하나가 떨어지려는데
꿰매지 못하고 그냥 나왔다
그나 나나 비슷한 처지라며
작은 단추가 봉지처럼 달랑거린다

가만 어깨 베게 대줬더니
손에 들린 신문처럼 반대편으로 넘어간다
반대편 사람도 저무는 어깨를 대준다
단추도 우리도 악착같이 붙어 있다

대

또 태어나
선 채로
묵상하시네

사스락
사스락
밤새 뒤란 댓잎께서 위벽 앓으시네

유일한 힘
텅
빈
뼈

가끔 딱딱하게 자진自盡하시며
연한 댓잎
하늘솥뚜껑 밀어 올리시네

딱새

가장 시린 날
냉혹과 가난을 씁씁 즐기며
무성한 업적 모두 떨어뜨린 오동나무
빈손으로 장롱 될 날만 기다린다며

묵은 장롱 냄새,
두꺼운 외투를 꺼내 입은 내가
겨울 숲 자드락길 오를 때
장롱 될 오동나무라며

쉭쉭쉭 수줍은 명창이 알려 주었다

야래향

나 태어난 이태원 근처에는 양색시들이 많았어
아이들은 양색시가 사는 집을 야래향이라고 불렀어
왜 그렇게 불렀는지 모르겠어
꼭 양색시 집만 아니라
일본 남자와 같이 사는 여자 집도 그렇게 불렀어
야래향 앞에는 가끔 아이노꼬 소녀가
오도카니 양 무릎 오므리고 앉아 있다 들어가곤 했어
투명한 물방울 소녀를 골목에서 훔쳐보던 나는
달빛 덮은 야래향만 생각하면 코끝이 열리곤 했지
야래향 야래향, 아이들은 소녀를 놀렸는데
야래향, 단어만 들으면
왜 코끝에 분 냄새 돌고 어지러웠을까

삼십여 년 지나서야 분 냄새의 정체를 알았어
우연히 중국집 간판을 보고 알았지 뭐야
한문으로 夜來香, 밤에 오는 향기

문득 내 어린 시절 떼쓰며 엉겨 붙어
자리가 꽉 찼다는 중국집을 밀치듯 들어간 거야
밤에 향기가 멀리 진하게 퍼져간다는 꽃

야래향의 중국어 발음은 옐라이썅이라고 메뉴판에 쓰여 있더라
짜장면하고 개구리튀김 시켜 먹는데,
친구들과 짜장면 먹고 돈 모자라서 내빼던 순간,
둑가에서 회초리로 때려잡은 개구리 뒷다리 구워 먹던 순간,
야래향이란 단어만 들으면 고추 끝이 따끔해지던 순간,
들통날까 봐 비장해 두었던 궤짝 속에서 튀어나오는
순간순간
그 많던 순간들은 어디로 갔는가
에라이 썅, 나도 모르게 욕했는데 글쎄

옐라이썅 옐라이썅 흥얼거리며
야래향 소녀가 쟁반 들고 다가오는 거야
가슴도 제법 봉긋 부풀어 있었어

소녀야 그때 미안해 말 걸고 싶어도 수줍고 떨렸어
너만 보면 머리가 어지럽고 그냥 그랬어
라고 말하려는데, 아뿔싸, 식당 종업원이지 뭐야
그래도 기뻤어

야래향만이 남아 꽃향기 내뿜고*
그 시절 야래향 한 됫박쯤 가슴 가득 풍겼거든

* "只有那夜來香 吐露着芬芳": 중국 가수 떵 리쥔(鄧麗君)의 노래 「옐라이 썅」(夜來香)에서.

어김없이 술 취해 오셨는데

아부지 술 드시면
술 냄새 풍기는 벌건 얼굴 다가와
반드시 내 머리맡에 십 원 지폐 놓으셨네

여섯 살 나는 즐거웠지
일어나자마자 십 원 지폐 들고
병천이네 하꼬방 구멍가게로 달려가
사각형 카스텔라 덴푸라 꽈배기 사 먹었지
구멍가게는 나니아 연대기 장롱이었어
망망한 눈동자의 어둠이 무서워
들어가지 않고 밖에서 십 원 드밀면
어둠 속에서 동네 아이들 잡지 따먹을 거 같은
해골 이빨 할머니 사시나무 손가락 스르르 나왔지

내 기도 반드시 이루어졌어
하나님, 아버지 술 마시게 해주세요
딱지치기 구슬치기하다가
골목길 시멘트 쓰레기통에 고사리손 모아 기도했지
아부지, 술 마시고 와라, 술 취해 와라
내 주문에 맞춰

술통 아부지
어김없이 술 취해 왔지
내 머리맡에 십 원 지폐 놓으셨지 반드시

무서운 기복신앙의 시작이었어
아버지 술 냄새
세빠빠 십 원 지폐

오늘 고무줄에 바람 넣어
플라스틱 목마 타고, 이랴
십 원 지폐 들고 달리네
쉰 살의 막내
아부지 술무덤으로 가자, 이랴

비린내는 내 친구

별명이 고양이였어
다른 아이들 비싼 소시지 반찬 싸 올 때
엄마는 값싼 생선 구워 넣어줬지
비린내는 나의 스승
아이들이 고양이라고 놀렸어
심각하면서 헐렁한 고양이

길게 반짝이는 양미리 은하수길
물고기별로 유영하는 아부지,
소금과 설탕을 구분 못 하는
기억 상실한 아흔 살 엄마에게 물어야 할까
연탄난로야? 그물 석쇠야?

막내는 맛있다지만
아부지가 만들어 주셨던 그 맛이 아니다
절망이다 어떻게 구워야 할까
아부지처럼 약간 소주 마시고
알딸딸 환상에 취해
연탄난로에 구워야 제맛일까

큰아들이 고등어 해달란다
등 푸른 고등어 앞에서 연구한다
뜨건 물에 씻어야 하나 찬물에 씻어야 하나
고춧가루를 언제 뿌려야 할지
그냥 구워야 할지
연탄불 앞에 그물 석쇠 잡고 쪼그려 앉은 엄마

아마득한 수십 년 전 골목길
집으로 달려간다
답답해 숨 가빠
아부지. 양미리 구워줘
엄마, 고등어 고등어

입궁入宮

협곡 사이로 축축이 젖은 물
진달래 빛 시뻘겋게 부풀어 있는
북한산 사기막골 옹녀탕
전설 몇 방울 떨어뜨리고 있었다

옹녀약수 한 사발 마시면
한 시간 내로 변강쇠로 변한다는데
마시긴커녕 보자마자 강쇠로 변한 나
첨벙, 전설의 자궁에 입궁했더니
천년을 기다렸어요 도련님
도저히 참을 수 없었다며 옹녀는
내 사타구니에 시린 물손 넣어
불끈 끌어올리고
마구 수작 부리고
발정하듯 범람하더니
빤츠를 몽땅 찢어놓았다

산 깊숙
갯내음 진하거나
협곡에 철철 넘치거나

암수 꿩 교합하는 명창名唱 질탕하거나
주변 소나무가 주책없이 비비 꼬고 있는 옹녀탕은
필시, 음기가 질펀허니
에따 모르것다 환장해 입수하시라

지렁이가 듣는 노래

고요, 어디서 오는가
누가 저 눈 녹여 샘을 열까
누가 저 눈 녹여 뿌리내릴까
겨울 숲은 잠든 어머니 뱃속만치 조용

소리 없이 터널 뚫는 지렁이들이
흙에 산소를 밀어 넣고 있다
방금 태어난 아기 가늘게 뜬 실눈 떡잎으로
산소의 용사들이
대지를 뚫고 나오는 걸 보고,
놀란 부엉이 붕어눈 깜빡

어떻게 나무들은 구름을 불러오는가
어떻게 생명은 젖은 가지에서 살아 오르는가
어떻게 물방울은 구름에서 출분出奔하는가
어떻게 물오른 잎사귀는 엽록체를 빨아들이는가
어떻게 지평선은 하늘과 땅을 입맞춤시키는가

서서히 골안개를 밀어내는
승리한 영웅으로 훌쩍 커버린 초록 잎새

계곡을 성큼성큼 기어오를 때,
봄 산山 첩첩 솟아 가파른 절벽을 뽐내고
초원에 물이 불어 흐를 것이다.

밤 깊은 계곡에
함박눈 거문고와 미풍 몇 낱의 해금
산솔새 민요
차 끓이며 엿듣는다

늙은 진주

깊은 바다
딱딱한 껍질 속에 스스로 죄수로 투옥되어
다른 이와 만날 수 없어 실망하지 않았다
오히려 감정과 판단에 귀 기울이며
끊임없이 홀로 이야기했다

십여 년이 넘어
나이도 무심히 저녁노을로 물들었다
늘 일해도 늘 놓여나 있었던 그 앞에서,
최선을 다했다는 꾀병이 창피했다
울음의 순서를 익혔던 십 년

누가 꿰어주든 말든
값진 보석이 되든 말든
이미 몇 번의 상처로 죽어
찢긴 조갯살 속에
투명한 눈물로
짙어가는 황금빛 상처

경전

화장실 물컵 속에 어머니
빛바랜 분홍빛 세월
엎질러진 보석마냥 빛난다

부엌 구석에 앉아
생선 대가리만 뜯으시고
그냥 나를 짊어지고 다니셨다
평생 새벽 기도 다니시며
쉴 줄 모르며 절룩거리는 골다공증
손가락 마디마디 쪼그라든 관절염

화장실 물컵에 들어 있는 어머니

빛나는 틀니
팔만대장경의 깊고 검은빛
은박지 성경처럼 빛난다

겉절이

늦었다고
설익었다고 물러서지 마요
김치가 아니어도
욱욱허니 풋풋한 맛

제1부 초밥의 이력서

초밥의 이력서

한 바퀴 돌았을 때 가장 좋았다
연초록 와사비를 외설스레 비치는 연분홍 젖살
투명하고 선연한 속살

두 바퀴 돌면서 깨닫는다
몸에 물기가 새 나가고 테두리부터 딱딱해질 때
사라지는 조개물결 태양바다

다섯 바퀴째 돌고 손님이 외면하면
접시 아래 전자 센서가 신경질 내며 밀쳐낸다
핏물까지 메마른 욕망은 쓰레기통으로

남들은 나를 출세했다고 했었다
입맛 다시는 입들의 축사祝辭 받고
우아하게 뽐내며 회전할 때, 행복했었다

비행기

술집 전전하다가
나이 들어 더 이상 탱탱한 알몸이 아니기에
동네 남자들에게 속살 팔다가
호텔에서 마사지하며 지내다가
담배에 찌든 시꺼먼 간장 덩어리,
괄약근 늘어진 할망구 웃음, 급기야
불심검문에 잡혀 그저께 한국으로 강제 송환된
그녀의 빈방에서

아내 팬티도 갠 적 없는 내가
가슴에 못만 박힌 여자 팬티를
비행기 접어 상자에 넣을 때,
주민등록상으로 쉰 하고도 넷에게서
국제전화가 왔다

선생님, 스커트나 구두나 침대나 냉장고는
유학생이나 없는 사람들한테 나눠주시고요
옷장 위 박스에 제 방을 들락거리던 남자들 옷이 있어요
그건 북한돕기운동 하는 데 보내주세요

아내 팬티도 갠 적 없는 내가
낚시터의 미끼처럼 버려진 여자의 과거를
비행기 접어 하늘 창고에 날린다

남아 있는 맛에 대하여

날 때부터 독은 없었다
커가면서 분노가 자라
내 몸에 숨긴 독으로
스스로 의식을 잃으며
얼마나 많은 영혼을 마비시켰던가

궁지에 몰리면
죽기 살기 허풍으로
백옥처럼 흰 살을 서너 배 부풀려
터질 듯 팽팽하게 했다가
바람 빠지는 얄팍한 복어

살려고 칼을 품었고
더러운 세상에 센 척하려다 보니
이빨도 날카로워졌건만

허풍을 떨어 독이 있고,
독을 숨겨 허풍 떨더니,
바다의 돼지, 하돈河豚,
치명적인 맛
다 발려 뼈만 남고

메를로 뽕띠

어라, 몇 년 동안 끙끙 앓았던 메를로 뽕띠를 번역한 일본어 문장이 갑자기 술술 번역된다 뽕띠와 놀면서 풍월로 공부한 게 쌓였을까 괴로운 일상도 떠났다 돌아오면 가벼워진다

오랜만에 번역에 몰두한다 되바라지고 딱딱했던 문장의 껍질들이 깨지고 노란 살을 드러낸다 단어 하나 문장 두어 줄 깨치는 맛이 보름달 부럼 깨 먹듯 고소하다 호두처럼 뒹굴고 있던 나를 보름달이 부럼 깨듯 깨고 있다

위장과 대화하다

붕괴될 아파트 벽에 갈라진 자국은
감옥살이 스트레스가 지져놓은 화상火傷이다
매음굴 골목처럼 벌건
십이지장으로 이어지는 통로는
실직으로 초조할 때 생긴 핏물 진창길이다
가끔 불규칙한 식사는
진물 묻은 기억의 분화구를
곡괭이질 하고 있지만

내시경에 찍힌 피골짜기 이력서,
매 끼니마다 싱그런 웃음을 투입하여
찢어진 솔기를 홀치고
얼룩진 과거를 달래본다

비대한 레미콘
불그죽죽 정육점 불빛 반짝이며
폭주暴走해 왔다

괜찮아
이젠 견딜 만해요

상처의 골짜기에서

갓 아문 생살이

우주의 맑은 즙을 퍼 올리고 있다

구름사막에 살아

머릿골 뽀개지게 아팠어
이제까지 버텨온 건 안 잤기 때문이야
열 이상 못 세는 암기력으로
이 치사한 세상 버틸 방법은
비굴하게 무릎 꿇고
필사적으로 네 발로 버티는 수밖에

세 시간 이상 못 자는 습관
깊이 자려 해도
무의식 깊이 마그마 들끓어
무너지는 언덕, 흔들리는 대지
눈물이 얼마나 떨리는지
낮밤 없이 모든 순간이 노동이었어

이젠 머리가 너무 시원해
무거운 낙타 안장 내려놓고
몇 개월 아니 몇 년을 누워 햇살 쬐었어

내장과 살점은 부모 잃은 아기 늑대가 뜯어먹고
심장은 고비사막 먼지개미가 핥아갔어

갈비뼈만 희디흰 플라스틱마냥 빛날 만치 잤거든
도끼눈 세상이 나를 버려도
모래바람이 갈비뼈 사이로 숨결 불어넣어
물 없는 하늘을 느리게 거닐거든 그냥

희디흰 뼈만 남아 사막에 누웠지만
무릎 꿇던 치욕에서 벗어났어
울다니, 왜 울어
아프지 않아 편히 누워
잠자는 축복 누리고 있다구
때가 되면 구름사막 함께 걷자
발바닥 폭신한 구름사막 하냥 걷자구

사시미

와세다대학 입구 헌책방에서
영어 원서를 품고 책을 찾고 있는 여학생
시원스레 파인 흰 가슴살
마른 할아버지가 느믈느믈 훔쳐보는 간음姦淫

광장에서 무언가 연극 대사를 종일 외우고 있는 아이,
먼 데 바라보며 쉰 우유를 마시는
지저분한 수염은 과거의 부스러기들 잔뜩 묻히고,
누가 정상인지 나는 구별하지 못한다

사쿠라는 죽음을 숭앙한다
일주일 전 국회의원 아라이가 자살했고
어제는 X-Japan의 과격한 기타리스트 히데가 자살했다
내일은 아쿠다가와상을 받은 누군가 동맥에 칼을 댈까
이 섬나라는 죽음을 이어달리기한다

침묵하는 죽음의 낌새
재잘대는 살림의 낌새

병실 냄새 한 움큼, 이 도시는

생선이 모로 누워 잠든 어물전
살아 있는 죽은 사시미 떼를 찾아
상복喪服 입은 쓰나미가 몰려오고 있다
제국의 도시들아, 안녕安寧하신가

한 겹 한 겹 피부를 도려내는 쓰린 시간들,
내일은 누가 이쁜 세제 비눗방울 잠깐 반짝이며
한 접시 사시미로 떠질까

세뇌공장

지독한 물건을 만드는 세뇌공장
나는 셀 수 없이 방문했다
은근히 플러그를 꽂는 그곳에 가면
배꼽 아래부터 혈액이 몇 볼트씩 올라간다

세뇌공장 야스쿠니에 가면
한참 서서 보는 작은 동상이 있다
잠수복 입고 기뢰가 달린 창으로
연합군의 배 밑바닥을 찔러
폭사했다는 15살 소년병 특공대의 동상
실은 연합군 배에 접근하기 전에
대부분 익사해 죽었다고 한다
카미사마[神]가 박제된 신전神殿

세뇌洗腦공장은
오직 신의 나라만이 지구상에 존재하고
막무가내로 사람의 뇌 속으로
각반 찬 군화발을 들이민다

곡우의 속삭임

열매 보내고 텅 빈
사과나무 가지의 곡哭,
썩은 문명의 배알을 도려내는
이빨 빠진 칼바람,
바람살 건드리는
초록 여치의 세우細雨,
시골 버스 정거장 벤치에
졸린 햇살의 하품

머릿속 텅 빈 고요
하늘 물뿌리개에서 떨어지는
곡우穀雨

내 머리맡에
여러 소리 쌓여 있네
내 영혼 곳간에

한국어 일본어 영어 시집들
세월의 장력을 버텨온
새싹 경전經典들

송광사 쇠붕어

일몰의 여섯 시
스님들 범종을 두드린다
만물 생것들 북소리에 고개 든다

저녁 예불 시간
아제아제 바라아제 바라승아제 모지 사바하
스님들 독경讀經에
대웅전 벌렁이며 우주와 심호흡한다
반야심경은 흉내 내는데 게송偈頌을 못 외워서
내 삶의 부지깽이, 주기도문만 거푸 외웠다

피곤하시죠
차 달여주시는 주지 스님 방에 걸린
한 자락 헐렁 옷의 날개 때문에
온돌방의 온기와 함께 뼛속으로 스미는
새벽 범종 소리 때문에

대웅전 불화佛畵에 갇혀 있던 산새 몇 마리
몽근 부리로
시詩를 물고 치솟는다

절집 처마에 걸려 있던 쇠붕어 한 마리
꼬리 치며
시詩의 젖꼭지를 깨문다
반야심경과 주기도문이 반딧불 일으켜
시詩집 등불,
선禪 선禪 선禪 켜놓는다

나의 요릿집 메뉴

우리들의 적敵은 늠름하지 않다
그들은 선량하기까지도 하다
그들은 말하자면 우리 곁에 있다
—김수영 「하…… 그림자가 없다」에서

오늘 저녁은 제가 살께요 『시인 신동엽』이 8쇄째 팔리면서 인세가 들어왔거든요 도쿄에는 정말 프랑스 요릿집이 많아요

유족에게 인세가 얼마나 가냐구요?
아뿔싸, 잠깐 기억력에 버터 바르며 딴소리, 와인 자주 드시나요? 신선한 생선회에 야채, 홋카이도에서 키웠다는 양고기에 토마토소스, 오늘 신동엽을 팔아서 주문한 메뉴입니다

맞아요. 실은 마음에 걸린 가시를 봐주셨으면 해서요
사실 제가 연구하는 대상들은 그분을 위한 것 같지만 나의 요릿집 간판을 달려고, 잠깐 호두와 딸기가 든 빵 좋아하세요?

시인 자신의 명예와 유족과 연구자 자신, 세 사람 모두 이름을 높이면 가장 알맞겠지만, 그렇습니다, 딸기 소스를 찍으면 아이스크림이 맛있어요

박두진 백석 리찬 엔도 슈사쿠 우찌무라 간조 김사량 오스기 사카에, 숭고한 도덕적 인민주의자, 아버지와 어머니, 조국의 이름 숱한 재료로 볶고 삶아서 눙치며 요리해서 나의 요릿집 메뉴를 늘려왔지요

원두커피 알맹이도 짙은 맛을 내는데
내 안의 껍데기는 늘 알맹이인 척한답니다
알면 좋은 연구자라구요?
아저씨, 여기 얼음물 좀 더 주세요

소년을 찾는다

입대하기 이틀 전
부여 생가에서 당신의 아버지가 열어주시는
두꺼운 과거로 들어갔습니다
머구리 반딧불 귀뚜라미 무서리 밤벌레
초롱불 깊은 빛에 함께 모여들었죠

구십이 세의 신연순 옹은
당신이 읽었던 책을 자랑스레 보여주셨어요
이와나미 문고본이 많아서 그날 처음
일본어 공부를 다짐했었고
십여 년 만에 당신이 읽었을 책*을 번역했죠

다음날, 당신 아버지에게 큰절할 때
가지런한 틀니가 기억의 뒤란에 걸쳐지고요
밀레의 색바랜 만종이 걸려 있는
부여 마뜩한 시골 이발소에서
빙충맞은 세월을 빡빡 깎고 군에 입대했어요
제대 후 당신 평전을 쓰겠다며 섬나라로 갔고요

여전히 햇살을 품은 넉넉한 금강,

시바 료타로에게 사카모토 료마를 배웠던
일본인 제자들을 데리고 당신 집에 왔습니다
동학과 전봉준, 그리고 동대문 어딘가에서
고구마처럼 비에 젖어 사라진 소년**에 대해 가르쳤거든요
문득 한 학생이 그 소년은 어디 있느냐고 물어요

카바레에서 춤추는 제비,
시장판에서 곱창 끓이는 배불뚝이,
입사 원서 들고 서 있는 실업자,
체육관에서 연설하는 말재기 당 후보
소년 어디에 있을지
나는 땡볕 아래 맨흙을 파고 있는
외따로운 개미 한 마리 골똘히 보았습니다

* 오스기 사카에, 김응교·윤영수 옮김, 『오스기 사카에 자서전』(실천문학사, 2005)

** 신동엽, 「종로오가」에 나오는 구절.

쑈쑈쑈

월드컵 경기장에서
이국의 연인과 찍은 사진
내 서랍에 남아 있는 쑈쑈쑈

재즈 팝송 보사노바 김추자 추억의 팝송
장르 넘나드는 쑈쑈쑈
견고하고 그늘진 호두알 눈빛
담배 연기 쑈쑈쑈

서브 컬츄럴을 알아야 한다,
시골 새마을회관에서 호박 덩이 주고 배운 춤과
신사동에서 교습비 내고 배운 춤을 비교하지 말라,
지르박 차차차 영일레븐 일자춤
마이크 휘어잡는 노래방 가수였지

개집만 한 유학생 방에서
식사 기도하겠다고 했을 때 이상했었다

죽기 두 달 전이었지
필사적으로 써 내려간 원고 파일

아직 내 서랍에서 웅웅거리는 돋보기안경
간암 말기 마흔셋 총각

그대 장례식 때 조시弔詩 읽다가
아이스케키 빼앗긴 아이마냥 울고 말았네
그대 위해 지르박 춰어야 했는데, 젠장
하늘 서가에 아마득히 떠 가는
한 권의 쑈쑈쑈

* 리베로 평론가 고故 이성욱(1960~2002)은 『비평의 길』, 『쇼쇼쇼 김추자, 선데이서울 게다가 긴급조치』, 『한국 근대문학과 도시문화』 등을 남긴 잡학雜學의 대가였다.

언제 춘향을 봤냐구

임권택 감독 영화 〈춘향뎐〉을 보고
환장할 붉은 치마에 취한 너희들
광한루 마을 주민이고 싶어 했지

남원 사람들 인심은 춘향이 그네마냥 높더라
쑥대머리 폭우 미치게 쏟아지는 오늘,
만 원짜리 우산을 사천 원에 주었지
이도령 춘향이 한복 입고 사진 찍는
비 젖은 망아지들아
언제 내가 춘향이 봤냐구?

그네도 탈 수 없네요
옥 안에 아무도 없네요
너희들 물을 때, 춘향이 오롯한 눈으로
어데서 왔어요? 묻더라

너희들 지줄대며 그네터 지날 때
절반쯤 젖은 홑치마 춘향이
젖가슴 닮은 뭉게구름 사이로 보였어
내게 뽀뽀도 해줬다니까

햇살에 살짝 젖어버렸다니까

다시 한번 가봐
춘향이 만나 젖어버린 이도령은
흙더버기 물방울에서 이레쯤 같이 놀자며
전나무 사이에 숨어 히죽 웃더라

출세出世하라 새여

지금,
이라고 쓰는 지금은
어제의 10억 년과 내일의 10억 년 사이,
이 찰나에
태양이 지구에게
억만 번 윙크하고 있다

지금 너는
비어 있는 점
네 뒤로 10억 년이 마구 흘러가고 있다
네 앞으로 10억 년이 왕창 쏟아지고 있다

찰나에 당한
절망으로 썩은 모이를
1년이나 되씹는 새야
날개 꺾지 마라

이 순간 너는
100억 년 어제에 남겨질 한 줄 문장이다
어제 하늘로 올라간 정령들이

수고했다 박수칠지도 모른다

이 순간 너는
100억 년 내일에 남겨질 침묵의 별꽃이다
내일 갓 태어날 태아가
반짝이는 너에게 짝짜꿍할지도 모른다

야생마

두 마리 야생마
뽀오얀 먼지 일으키며 쉬지 않고 달렸다
서른둘, 나는 사막을 달려온 지친 야생마
스물일곱, 너는 초원을 거닐던 앳된 야생마

갑자기 나타난 너,
내 심장에 큰 발동기 시동 걸었다
가축 똥 묻은 나
재갈도 풀고 구름 떼와 함께
광활한 사막을 달리고 달리고 달렸다

늘 젖이 묻어 있던 너는
아기 두 마리 순산하고
두 마리 겨우 일어서자마자
힘껏 초원을 달렸어
때로 요란한 말발굽들

먼지 속에서 숨 한 번 크게 못 쉬고 달리다가
서로 떨어져 그립고 그리우면
태양 얼굴 그려보고

달빛 차만 나누었지

내 허벅지엔 늘 너의 말발굽 소리가 달린다
내 심장엔 언제나 너의 지친 숨소리 숨 쉰다
가끔
비에 흠뻑 젖어 달려온 나
너의 귀를 안타깝게 핥아댔지

종일
마구간에 묶여 있다가 설풋 잠든 너,
나는 오래오래 본다
함께 산다는 행복,
늘 설레며 너에게 질주疾走한다

깜짝

너무 반가우면
악수도 포옹도 못 하고 깜짝

너는 제비꽃
나는 강아지

하루가 깜짝
그저 깜짝

흰꽃황후나비
—1895년 8월 20일

경복궁 연못 비단잉어를 지나면
인적 드문 뒤안
작은 팻말이 내게 말 걸곤 한다
화살표 따라 그녀가 불태워졌던 시간 속으로
터벅터벅 걸어 들어간다

눈코 없는 비빈妃嬪들 다소곳 앉아 있다
베인 상처에
흰나비곰팡이 덮여 있다
궁궐 구석에 앉아 있는 그녀에게 말 건넨다

적멸寂滅

백여 년 전 사라진 그녀의 치맛자락일까
남길 수 없었던 이야기
서러운 편지를 허공에 투명하게 써내는
한 마리 흰꽃황후나비

파피용

잠자리 눈에 보이는 것은
쭈그러진 밥그릇에 멀건 국물
양식 찾아 더듬이를 쉬지 않는 바퀴벌레
한 마리 잡아 국물에 넣고 훌훌 마신다
이 방은 햇볕이 무엇인지 모른다

탈출 불가능, 이 무덤에는
뒷물하지 않은 비린내 넘친다
나는 몇 차례 탈출을 시도했고
그때마다 사냥개에게 물려 다시 왔다

내 일상은 영락없이 똥 누는 자세
인생을 낭비한 수인囚人의 어쩔 수 없는 걸음걸이
마흔 갓 넘은 나는 지독한 근시,
노란 위액 토할 때마다 기어 나오네
탈출을 꿈꾸는 바퀴벌레

그나마 내가 독방에 갇혀 있는 동안
간수들 몰래 매일 코코넛 한 조각 넣어주는 친구가 있다
허파에 스미는 싸아한 빛

싱싱 코코넛 영혼의 희망
한 조각 씹으며 탈출을 계획한다

말 없는 야자수 열매로 뗏목 만들어
이제 나는 파도 깨지는 절벽 앞에 까마득히 서 있다
넌 죽을 거야 실패하면 어떡하냐
내 속에 똬리 튼 돼지가
볼록렌즈 안경, 곤충 눈동자로 울먹거린다
응 실패하면 어때, 또 하지 뭐

절벽에 무수히 칼질해대는 술 취한 파도야
바위에 부딪혀 파열될지도 모를
내 영혼의 코코넛을
양팔 벌려 받아내거라, 허공아

환幻

노련한 주방장은
펄펄 저항하는 잉어 눈과 머리 사이를
바늘 찌르거나 칼등으로 제압시킨다
살짝 대기만 해도 피나는 회칼로
뼈에서 살을 발라낸다

지느러미 비늘 아가미 쓸개 부레도 발라내고
환장하게 살아 떨리는
투명한 잉어
회 한 접시 남겨두고 껌뻑인다

뼈만 남은 환어幻漁
우멍한 눈알 흉내 내는 나,
환시幻詩를 쓴다면서
피 한 방울도 없이
시詩 한 줄 풀어내고 꿈뻑인다

저這

말[言]이
지렁이 상형문자에 앉아
뒤틀 끈적이며 기어간다

암벽 올라라 달팽이
나들이 떠나라 달팽이
짠물 찾아 기어라 달팽이

묵언默言
정진精進
경계境界를 넘어
악착같이 기어

제2부 사과우체통

성聖 지린

집 없이 산다는 것
애완견 대신 오줌 냄새 품고
쓰레기통 베갯머리 삼아
피부병과 동상凍傷을 가족 삼는 것

오줌 냄새랑 친해지려고 나도 무진 애썼다
홈리스 곁에 앉아 다짱을 한 달쯤 삭히면 날 만한
시궁창 이빨 앞에서 내 욕망의 다비식도 해봤다
여물 닮은 성聖 지린 증기蒸氣여!

앗싸, 코끝에
발효하는 오줌 냄새가
배스킨라빈스 아이스크림으로 풀리던 날
나도 나도
예수님에게도 아슴지린 오줌 냄새
석가님에게도 달콤지린 오줌 냄새

사과우체통

부탁할 것 딱 하나 있소
주소 좀 빌려주실 수 있으신죠
그럴 리 없겠지만, 혹시
자식놈이나 아내한테, 만약
편지가 오면, 토요일에 갖다주시면 고맙겠습니다
냉장고나 베란다, 볕 잘 드는 서재가 없더라도
개집이라도 좋으니
그저 우체통 달린 데서 사는 것
지금 내 삶의 목표입니다

우체통은 위대한 존재
아침마다 나는 우체통이기를 소망한다

어느 날 내 몸이 빠알간 사과우체통으로 환생하더라
풀숲이 풀벌레 감추듯
파탄 난 과거 품어주는 우체통이 되었더라
왕년의 비밀이든 신음 소리든

너그럽게 삼키며, 마침내
헤어졌던 부부가 입맞춤할 때

물끄러미 바라보는 나는,

빠알간 능금우체통 빰이었더라

독특한 책

밥 기다리며
줄 서 있는 장편소설 수백 권

수백 명 먹을 카레 끓이며
솥에 쌀 안치는 손길을 읽는다
휘파람 부는 하늘을 거울삼아
가위질하는 이발사의 침묵에 밑줄 긋는다
위장약 피부약 감기약만으로
무료 병원 개원하는 의사의 눈길에 쉼표 찍는다

오늘 잠깐 만난 책은
마더 테레사 시늉은 낼 수 없어
가끔 과감히 큰돈 내미는 지갑이다
갈피갈피 사연들

오늘 한참 읽은 잡서는
열에 서서 차례를 기다리던

책갈피 인생이
경비원 일자리 얻어

국밥 퍼주는 인생으로 바뀐
대역전 장편소설이다

라고 말하는데 솔직히 나는
조금 지쳤다
하루를 다 날리고
냄새 나는 손에 병균 묻어온 것 같다
솔직히 이 광야서재를 잊지 못하는 이유는
가장 독특한 책갈피,
소금인 적도
빛인 적도 없던 나라는 젬병을
밑줄 치며 읽을 수 없기 때문이라구

봄

흥분이 장착된 문장은
건너편 마음속에 도달하기 훨씬 전에
밖에서 불발해버린다

저 사람 왜 폭발하지,
이해도 못 한다

건너편 마음 깊이 은밀하게 파고들어
붙어 있다가
바로 그
순간
펑
폭발하는 속삭임
무섭다

성냥

터질 듯
위험하다는 뉴스에
고개 숙인
침묵들

흐느낌에 쩔어
터지기는커녕 사를 수도 없는

신경 곤두세워
충혈된 눈알 길게 누운 불법체류자들

내 인생
왕창 태워버릴까
휘발揮發도 못 하고 젖어버린
쓰레기통
곽 속에
붉은
눈

혀

히메지의 추석, 모두 모여 삼겹살 먹는다
투가리에 설렁탕 끓여 아지노모토 대신
다대기 풀어 훌훌 저어 먹는 순간, 문 열렸다
큰 났어, 임 씨 잡혔어
쌈밥 입에 문 채 벽장이며 베란다로 튀는 사람들
IMF 빚더미에 일본 와서 술집 설거지하는 임 씨,
담배 한 대 피우겠다 나갔다, 덥석 잡혔다

얼굴에 뻘건 꼼장어 떼 꼬물작 타오르고,
살려달란 말인지 발끝으로 땅에 뭔가 써대는 임 씨를,
경찰의 혀는 뾰족한 일본어로 쿡쿡 찌른다
장 마담은 도와달라며 내 옆구리 연방 찌른다

한국에서 식모살이한다던 임 씨 아내,
시골집에 맡겼다는 임 씨 딸 얼굴 겹쳐질 때,
엉켜 있는 언어를 용케 풀어내는 용감한 내 혀
교직원 증명서 내보이며 거짓을 자랑하는 나의 혀
저, 학교 선생인데, 임 씨랑 놀러 같이 왔는데요
경찰은 내 여권 갖고 어딘가 전화 건다.
정말 교수님이시네. 여권 꼭 갖고 다니라 하세요

불법체류자 많은 거 아시죠
한 번쯤 봐주겠다며 돌아가는 경찰 눈빛이
내 위장을 사납게 도려냈다

베란다로 튀었던 수정 씨
벽장에 숨었던 덕정네도 나왔다
이제 경찰 읎제? 갔제?
시들해진 상추에 삼겹살은 가죽처럼 빳빳
식겁했던 임 씨 사추리 긁으며
시답잖다며 풋고추 섬덕 씹어 뱉는 말

사우나 가자
글쎄 사우나 가자구

장미를 위하여

별명이 장미였지
야윈 몸보다 큰 장미 다발 내게 안기곤 했지

네온사인에 가시 없는 붉은 장미
히메지 장미 클럽, 장미 꽃숭어리 장 마담
거실에 미끈한 비키니 사진을 은근 자랑했었지

아가씨들 밤일 나간 빈방에서 내가 자곤 했지
주일 아침, 아가씨들 교회 데려가려고
다그쳐 깨우는 소리

그렇게 결혼하길 원하더니
어처구니, 잘생긴 한국 사내와 결혼했는데
첫아기 돌잔치 일주일 전날
급작스러운 그날 밤,
장미꽃 대궁 툭 분질러졌다

관 위에 장미 꽃숭어리 입 벌려
향기 이울 때, 깨달았다
나는 그녀에게 완벽하게 속았다

매일 밤 손님 맞이하던 스펀지 넣은 G컵 가슴
매주 찬양대 설 때 절벽으로 내려앉고
없는 사람 돕는다며 가끔 목돈 보내던 그녀

머리핀만치 많은 장미꽃 가시
십이지장에 꽂아 자학했었던

불법체류

그 겨울 산사태처럼 무너졌다 전화 걸 힘이 없다기보다는 누구에게도 아프다고 말하고 싶지 않았다 링거 바늘 꽂고 누워 있다 보니 비자 마감일이 지나버렸다 아픈 고깃덩이 추슬러 입국관리소에 가자마자 양쪽에서 내 겨드랑이를 부여잡는 일본인 관리들의 팔이 수갑처럼 차가웠다

종일 보호소에 갇혀 들리지 않는 한숨을 들어야 했다. 위조 여권으로 십여 년 술집을 전전하다가 잡혀온 필리핀 여자는 통역할 수 없는 이상한 말로 콩탕꽁땅 쭝덜거렸고, 끈적한 콧물이 그녀의 땅콩 닮은 아이 코끝에 붙어 떨어지지 않으려고 안간힘 쓰고 있었다. 중국 방글라데시 네팔 나이지리아 어디쯤에서 왔는지

오래전 나는 비슷한 곽 안에 있었다 삐끼 폭력배 강간범 탈주범 가정파괴범 번호가 이름이었던 이들과 지냈다 이들의 눈동자는 옥창獄窓에 어리는 젖은 황혼

아팠다구요? 학교 선생님이 이러시면 안 되죠, 내일 강제 출국되면 어떻게 되는지 아세요, 법으로는 오 년이지만 다시는 이 나라에 들어올 수 없어요, 은행 잔고는 얼마 있

습니까

얼어붙은 목소리가 바닥에 떨어져 쨍 깨졌다
진단서와 학교 탄원서로 며칠 만에 집으로 돌아와 문을
여니

어미 마음도 모르고 뛰노는 땅콩 아이
감기 들린 코끼리콧물 흘리던 깜둥이
홀린 듯 흥얼거리던 베트콩
전화 걸겠다며 조르던 하얼빈 아가씨
내 영혼 독방에 돈도 안 내고
세간살이 풀어놓고 우글우글 누워버린 환영幻影들

아프리카 표범에게

도쿄는 아주 무덥고 비가 많이 오네
지금 자네 어디 있는가

나이지리아 들판이 은하수처럼 아름답다던 자네
동방예의지국에서 바퀴벌레가 되었지
차별의 지뢰를 밟았지
몇 번이나 공항으로 갔었다네
면회 금지는 인권침해라고 그들에게 따졌다네

아빠, 모모 아저씨 왜 안 와
모모 아저씨 정말 표범같이 생겼어?
아빠 오늘 힘드시니까 엄마랑 얘기하자
우리 가족의 식탁은 긴 터널이었다네

함께 지낸 삼 개월
김치찌개밖에 못 만들어 미안하네
자네 위장 얼마나 쓰라렸을까

내 편지 꼭 전해주시게
파리가 달라붙는 마른 젖이 아니라

해마다 쑥쑥 아이를 낳고
여덟 번째 표범을 길렀다던 정글 어머니에게
언젠가 천만 년 검은 땅에서
자네가 가르쳐준 나이지리아 민요를 부르겠다고

야쿠자데이

밸런타인데이, 종종걸음 눈부시다
우에노 분수대 옆 가볍게 키스하는 연인들
삐빠빠룰라 춤추는 검정 망사 스타킹

야쿠자들이라 욕하지 마세요
사람을 찔렀던 피떡 손이었지만
오야붕이 직접 접수했던 긴자 레스토랑에서
프랑스 요리를 가끔 갖고 오거든요
오늘이 우에노 홈리스 잔칫날이죠

저기 흰 리무진에 실어 와요
원래 홈리스들이 이렇게 모여 있으면 안 되는데
어깨들 있으니까 경찰도 모른 척하구요
홈리스들도 싸우지 않고 차례 지키는 거래요

야쿠자데이, 오늘 메뉴는 카레와 바나나
멀리 팔짱 낀 어깨들 꼬봉의 담배 연기가
기도마냥 하늘 빨대로 빨려 올라가요

기계충

감지 않은 인생들 넌출넌출 늘어져
우에노 공원 무료 이발소 앞에 줄 선다
고구마 넌출
호박 넌출
칡 넌출

뭉개진 인절미 넌출들
바리캉이 신경질 부리며 머리떡을 척컥 뜯어낸다

척컥 척컥
빡빡머리 두엄 냄새
내 굳어버린 욕망을
자르는 수행
내 마음의 기계충

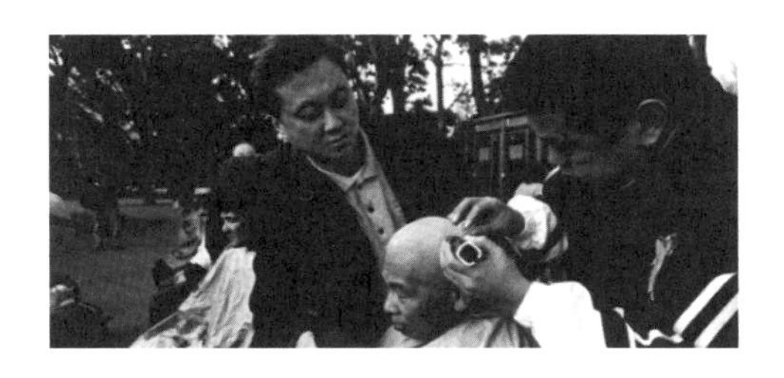

나는 트렁크

때로 퀴퀴한 마늘 냄새와 더불어
때로 자동차 뒤 칸에 기름 냄새와 더불어
때로 종일 걸터앉은 땡볕과 더불어

나무나 꽃이나 까치로 태어나지 않고
왜 나는 트렁크로 태어났던가
실눈 못 뜨고 부러워했었지

가볍게 입술 달싹일 줄도 모르고
꾹 다문 입 그렁대며 굴러갈 뿐
일 없을 땐 창고에서 졸라 궁상떠는
내가 어떻게 웃는지 당신들은 잘 모르신다

아이들이 자동차 놀이한다고 뚜껑 열고 놀 때
밤에 짐 싸는 이의 피곤한 무게를 감내하려 할 때
온몸 벌린 기회,
단 한 번 폭발하며 웃지, 트, 렁, 크

사소한 탄생

가장 혁명적인 작가는 좌초한 새들을 위해
가장 야윈 나뭇가지 끝에 둥지를 지어주지

가장 따뜻한 작가는 독자를 작가로 잉태한다
진짜 독자는 작가로 탄생한다.
가장 이상적인 스승은 제자를 스승으로 잉태한다
진짜 제자는 스승으로 탄생한다

위대한 사랑은 넓고 깊기만 하여 포옹만 하지
빛내본 적 없는 별에서 가장 낮은 지렁이까지

에필로그 재미없고 힘들 때

비루한

침묵이 살인인 경우도 있지
눈앞에 다가오는
폭주 기관차를 향해
기찻길로 기어가는
아이만 바라만 보는
벽돌보다 무거운 그림자

아이 백 명 모두 치어 부서져도

피곤하다며 조용히
책을 덮는 딱딱한 혓바닥,
둥둥 부표浮漂처럼 떠다니는
슬픔의 익사체를 무시하고
멀리 외면하는 고요

세상의 모든 숲

부엉이바위에서 그가 떨어졌던
숲속에서 주워온
부러진 나무
기타 옆에 세워두었어
친구 잃은 인디언처럼 주문을 외웠지

억울한 죽음이 이어졌어
장례식이 있을 때마다
설움에 달았던 근조 리본을 부러진 나무에 붙였어
나무야, 오늘도 누군가 돌아가셨어

부러진 나무에 귀를 대면
가끔 들리지, 골판지 닮은 사투리 연설
가끔 보였어, 철거민들의 아우성
가끔 울었어, 아이들의 절규

마른 뼈다귀처럼 일어날 뿌리
기억하고 있다면 살아 있지
극복하려 한다면 더 살아 있는 거야

잎이 마르고 나무가 죽어야
세상의 모든 숲은 다시 일어나니까

재미없고 힘들 때

철가방 들고 짜장면 배달 갔던 건물에
시인들 드나들던 현대시학 사무실
층계에 쌓여진 문학 잡지와
쪼그려 앉아 대화 나눴던 소년

눈물은 왜 푸른가
공장 망치로 얻어맞은
시퍼렇게 멍든 눈두덩이를 반사시킨
눈물은 푸르지

중화요리를 졸업한 외톨이
볼트와 너트로 조인 소리들
부서진 문장들 쇠붙이로 용접하여
신동엽창작상 오장환문학상을 탔지만
노동자 시인이라는 말을 싫어하는 리얼리스트

힘들 때 재미없을 때
용접쟁이 최종천 형이 보내온 메일을 읽는다
시대를 논하기 전에 인간을 논하며
영성을 말하기 전에 노동을 선언하는

메일을 펼치자마자 나는
불꽃 튀는 단어들을 용접하고
오토바이에 철가방 싣고
관습과 시대를 횡단하는 폭주족을 흉내 낸다

밥 딜런이 밥 달라고

막 스물이 넘었을 때 밥 딜런 노래 듣는데 밥 먹을 때마다 밥 달라는 투정으로 들렸어 며칠 후 낙원상가에 가서 하모니카 샀어 밥 딜런 흉내내며 기타 쳤어 쭝덜거리는 그게 노래래 전쟁이 싫다며 울면서도 울지 않는 당당한 기도 오늘 밥 먹는데 밥 딜런이 노벨문학상 받았대 한대수 · 김민기 · 비틀즈 · 레오나르도 코헨도 노벨문학상을 밥풀쯤으로 여길 고수들이지 한반도에 태어났다면 밥 딜런도 블랙리스트에 올랐을 텐데 칠순의 밥 딜런이나 오십 대의 나나 여전히 스무 살, 거리의 예언자 밥 딜런이랑 꽉 닫힌 하늘문 발로 꽝꽝 찰 거야 밥 달란 말이야

눈 감아도 여전히

가끔 나를 알아보는 사람이 있다
내게 지하철은 침실
앉자마자 오 분 내로 자는데
눈 뜨건 말건 기다렸다는 듯이 곁에 있는

일 년 전의 절규
반쯤 깨진 얼굴들
다리 하나 없는
물에 잠긴 아이들

오래전 먼 여행 떠나신 아버지
이십 년 전에 숲에 묻힌 친구
지친 척 모른 척해도
내 눈에만 보이는 신원 미상

가끔 지하철에서 나를 알아보며
내려다보는 눈망울
어찌할 수도 없는데
가닿지 않는 백 광년의 먼 거리
눈 감아도 여전히 내 곁에 있는

보이지 않는

없어도 있는 척
있어도 없는 척
몰라도 아는 척
알아도 모르는 척
그럴듯한 과장과 흥분을 무기 삼아
입때껏 모든 제국帝國과 정부政府에 기생하는 바이러스

파충류라면 잡을 텐데
번개라면 피뢰침을 놓을 텐데
아메바 거머리 진드기 각다귀 스멀스멀

시도 때도 없이
가슴살 곳곳 핥으며 유혹하네
검문소의 분별력도 넘어서고
문풍지 사이로 들어와
눈 깜짝 도망치는 야비한 톱날 바람

잠깐 불빛이라도

즐겁게 춤을 추다가 그대로 멈추면
낡은 각막과 혹사한 장기를
필요한 분에게 드리라고 서명했다

언젠가 숨이 멎으면 일곱 시간 안에 이식해야 한다
주민등록증에 단추만 한 인증 표식
각막 장기 빨간색 하트

벽돌처럼 굳어가는 간
펌프 기능을 잊는 심장
금붕어 수준으로 떨어지는 눈

가끔 눈물 흘리며 견뎌온 각막아,
어둠에서 지내온 분들께
잠깐 불빛이라도 보여드려라
혁명이 안 되니 이식이라도

연탄불이든 촛불이든

아내는 종일 지친 강아지
어깨 손가락 아파하며 쟁반도 들지 못한다
좀체 말이 없으니 묻기도 뭐하다
용산 참사 남일당 같은 곳에 헌금하거나
토요일마다 바람 피우듯 광장에 나가는 남편

어제 토요일에 아내가 뭘 했는지 우연히 엿들었다
아내가 가르치는 학생들과
독거노인 하꼬방에 연탄 옮기는 일을 했단다
남편이 촛불 들던 시간에 아내는 연탄을 날랐다

대통령 장례식날 두 아들에게 만 원씩 주며
아빠가 거기에 있으니 꼭 오라 했는데
두 놈 모두 안 오고 한 놈은 그 돈으로 영화 본 거 같다
전화로 아내에게 한참 용광로 터뜨리고 집에 왔더니
대통령 특집 끝날 때까지 손 내리지 마
티브이 앞에서 무릎 꿇은 놈들 두 손은
아내의 살벌한 호통에 감전되어 떨고 있었다

오늘 아침 분리수거 설거지 청소기 돌리고

얼른 나가 이천 원짜리 반찬들 사 왔다
덴푸라 소시지 고추버무림 오이무침 콩조림
봉다리에서 슬로 모션으로 꺼내
말 없는 냉장고에 넣으며 눈치껏 웃었건만
황후님은 우직한 냉장고와 함께 근엄하시다

아내는 자신에 대해 글 쓰는 걸 싫어한다
시인에게 글이란 배꼽 드러내기지만
아내에게 글이란 잘난 척일 뿐
아내를 소재로 한 권 분량 시를 썼지만 미발표작
누군가 아내에게 이 글을 일러바치는 날
천둥 치며 태산이 무너지진 않겠지

지루하고 잔혹했는데

그저 비싼 연예인들 춤추는 밀폐된 쇼케이스,
광장은 최루탄과 화염병의 축제
유인물 한 장 때문에 형사 구둣발로 까인 조인트 상흔
왜 맞는지도 몰랐던 스무 살의 주민등록증

어제 한겨레신문에서 좌담회를 했다
광주항쟁부터 촛불혁명까지
좌담회에서 한 청년이 불쑥 말했다
그동안 뭐하셨어요. 어른들이 너무 미워요

당연히 미안했지
학생들에게 아들에게도 미안해서
매주 광장에 목감기 달고 미안 미안해서

구호만 외쳐도 끌려가기에
학생회관 밧줄에 매달려 전단 뿌리며 독재 타도,
교실에서 쫓겨난 선생님
견딜 수 없어 목숨 끊은 해고 노동자
데모하다가 연애도 취직도 못 해서
반지하 월세방에 서식하는 결핵 환자 혁명가

석방되고 암에 걸려 죽은 홍겸이
잡풀길 가끔 나비만 찾아드는 무덤

명동성당 농성 때 컵라면 수십 박스
배달부로 위장해서 나르던 순간,
시 쓰고 논문 써야 할 시간에
스티로폼 위에 엎드려 매직으로 쓰던 대자보,
공부하고 싶었는데 수배당하고 수갑에 채워져
감옥에서 쓰레빠 맞고 부서진 코뼈

사랑하는 여인과 낳은 아이를
자랑할 수 있는 나라에서 키우고 싶었는데
극장에 늘 십여 분 늦게 들어간 지각 인생
계약 기간 넘긴 악성원고체불자
이게 뭔지 이게 뭔 일인지

파도가 아이들을 삼킨 이후,
훌쩍훌쩍 고생하는 권태훈 대표
직장 대신 시민성명 깃발 지킨 김인
장미정 손채은 선생은 삼 년간 매주 피켓 들고

당뇨 환자 윤호는 감자 구워 시위대 독려하고
요엘과 엘리는 엄마 아빠랑
촛불 별빛 밝히며 조금씩 어둠 밀어냈어

괜찮아, 사랑했잖아
시든 풀이 꽃으로 피는 혁명
모든 별이 빛으로 사라지는 새벽
지루하고 잔혹한 모든 사랑은 혁명

왜 내 눈에만 보이는지

어떡하지, 느닷없는 소식
임종이 다가왔으니 찾아오라네
그가 죽었다던 후쿠오카 형무소 근처에서 자던 밤,
별 하나 떨어져 밤새 울던 새벽도 몰랐어

그의 시를 백 번쯤 강연할 때
나 아닌 누군가 내 혀를 맘대로 조정하여,
이게 빙의憑依구나, 겁나서
육 개월 정도 그에 관해 강연하지 않고
이름 석 자 쓰지 않을 때도 몰랐어

누나의 얼굴은 해바라기 얼굴
해가 금방 뜨면 공장에 간다며,
터널 밖에서 일하는 복선철도 노동자를 보며,
건설의 사도라고 쓴 그와 비슷한 사내를
해직자 농성 텐트 곁에서 잠깐 보았어

광화문 세월호 텐트에서 묵묵 참배하고
천막 카페 앞에 외로 앉아 커피 마시며
태양을 사모하는 아이들아, 별을 사랑하는 아이들아

읊조리는 묵묵한 사내의 혼잣말, 나는 분명 들었어

광화문 교보빌딩에 걸린 현수막
내를 건너 숲으로 고개 건너서 마을로
자기가 쓴 구절을 찬찬히 읽어보는
빛바랜 흑백사진 얼굴, 나는 대번에 알아봤지

강연할 때 간간히 구석에 앉아 들으셨어
길게 선 콧날, 간절하되 서늘한 눈매
저분이세요, 손짓하면
돌았다 흘볼까 봐 숨겨왔는데

11월의 토요일, 미완성의 촛불혁명
가장 시린 날 무리 속에서 중얼거리셨어
다들 죽어가는 것에게 검은 옷을 입히시오
부서진 달 조각만 그를 알아봤어
심하게 기침하며 작은 글판 들고 행진하셨어
등불을 밝혀 시대처럼 올 아침을 기다리는

촛불 들고 있던 내가 불렀을 때

누상동 하숙집 골목으로 사라지는 최후의 나,
또 다른 식민지에서 서러우면서도
얼마나 반갑던지 아스팔트에 엎드려
침묵해 온 노래와 최초의 악수를 했어

어떡하지, 임종하신다는데
아냐, 아직 그는 죽지 않았어
나비 한 마리 찾아오지 않는 음전한 여인이 누운 병원일까
그가 누웠던 자리에 누워볼까

* 이 글 곳곳에 윤동주 시 구절이 숨어 있다. 윤동주는 산문「종시」(1941)에서 복선철도 노동자를 "건설의 사도"라고 썼다.

그의 묘

몸을 바수어 과수원 만들고
살리는 죽음을 가르치는 씨앗학교

밀물 기다리는 침묵

바위에 따닥
따닥 붙어 있는 비릿한
악착스레 운명에 매달린 미생未生
소금만 삼키며 허옇게 딱딱한 입술들

태양에 맞서
갯벌 직시하고
밀물이야 더디 와도
파도에 맞아 부서져도
말라붙어 굳도록
아직도 어깨 걸고 연좌하는 따개비들

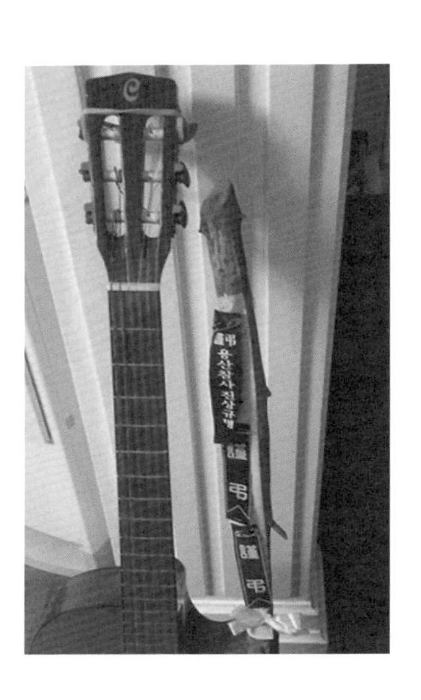
謹弔
謹弔

해 설

연민과 긍휼의 연대

정우영(시인)

응교應教와는 오랜 연이지만, 그가 일본 유학 가기 전까지도 그다지 내왕이 없었다. 서로 깊이 교감하는 장면이 별로 떠오르지 않는다. 내가 그를 제대로 만난 것은 아마도 한국문화예술진흥원(지금의 한국문화예술위원회)에서 일하고 있을 때일 것이다. 어느 날 그가 일본 유학 중 잠시 들렀다며 최종천 시인과 함께 나를 찾아왔다. 이제 와서 고백하자면, 그 방문이 고맙기도 하고 조금은 뜻밖이기도 했다. 그제까지 그가 나를 선뜻 찾을 만큼 살가운 교분은 아니라고 여긴 탓이었을 것이다. 헌데 웬걸, 그는 나와는 전혀 달랐다. 대뜸 내 손 덥석 잡으며 "형님!" 하는 것이었다. 그때 마주친 그 눈길과 정감이라니. 그의 따스함에 흠씬 포박당하는 느낌이었다. 겉으로는 표현 못했지만, 속으로 나는 "응應, 교交"를 떠올리고 있었다. 누구라도 그와 손잡으면 이 "응, 교"에 감전되고 말겠구나, 하고. 그의 손바닥에서는 사람을 감동시키는 어떤 진심이 뜨겁게 우러나오는 것이다.

나는 그가 누군가를 향해 악다구니 펼치는 걸 거의 본 적이 없다. 그는 우선 눈 내리깔고 다소곳이 상대방 말부터 경청하는 것이다. 그는 사물과 부딪쳤을 때도 사물의 변명을 먼저 새겨들으려 하는 사람처럼 보인다. 사물에게조차 손 모아 겸허를 바치는 것 같다. 그는 이처럼 존재하는 모든 것들을 경건하게 모시고자 애쓴다. 이는 시집에 실린 여러 시들에서도 여실히 드러난다. 세상에 치여 "반쯤 깨진 얼굴들"과 "물에 잠긴 아이들" "오래전 먼 여행 떠나신 아버지"와 "이십 년 전에 숲에 묻힌 친구"를 위해 그는 기꺼이 자기 시의 운명을 내어준다. 내가 보기에 그는 거의 천성적으로 타자에게 귀 열려 마음 기울어지는 시인이다. '모심의 시'들을 적지 않게 만나왔지만, 그만큼 진지하게 충심으로 타자를 적어가는 시인 흔치 않다.

그는 또한 긍휼의 시인이기도 하다. 긍휼矜恤에는, '누군가를 불쌍히 여겨 돌보아줌'의 뜻이 담겨 있다. 나는 사회적 인간이라면 누구나 긍휼 한 자락쯤은 가지고 있을 것이라 여긴다. 그것이 사람의 도리인 까닭이다. 하지만 그 긍휼 키워서 실천하는 사람은 그리 많지 않다. 현대사회에서 한 인간의 사회화라는 것은, 긍휼과 연민 같은 측은지심惻隱之心이 바래지고 사라져가는 과정에 다름 아니다. 그렇지 않은가. 탐욕의 현대사회는 우리에게 끊임없이 말라 석화石化된 인간성을 강요하고 있다.

그런데 김응교는 다르다. 그는 인간성 갉아먹는 현대사회의 탐욕에 순응하지 않고 버틴다. 철저하고 투쟁적으로 선두에 서서 앞질러가지는 않으나, 자기 자리에서 느긋하고 단단하게 이를 실천하고 있다. 심지어 그는 저 타국에서마저 긍휼의 실천에 기꺼이 자신의 삶 나누어준다. 낮은 자세로 그는 비루한 삶들 껴안고 부대끼며 일본 유학을 견디어낸 것이다. 이 시절 그는 결코 넉넉하지 않았다. 그런데도 그는 배움과 돈벌이, 긍휼 실천을 마치 수행자처럼 펼쳐간 것이다.

그런 점에서 이 시집은 한 사람의 뜨거운 긍휼의 연대기이자, 나눔 실천의 목메인 기록으로 읽힌다.

1.

현실은 김응교 시적 발아의 태반이다. 이 시집에 실린 대부분의 작품은 관념이 아니라, 현실의 삶 속에서 태어난다. 「끼니」라는 시를 보자. 그에게 시는 '끼니'이다.

> 곡물을 포옥 고아 체로 걸러낸 맑은 시
> 한 수저씩 떠먹으며 버티는 목숨
>
> 멀리 별빛으로 떠 있는 시를 고아서
> 체로 걸러낸 걸쭉한 미음
>
> —「끼니」 전문

이 시에서 보듯, 그에게 시는 삶이자, 목숨이다. 이것이 살아가는 이유이기도 할 것이다. 그가 얼마나 곡진하게 시를 만나고자 하는지 여실히 드러나 있다. 그에게 시는 "한 수저씩 떠먹으며 버티는 목숨"이다. 아마도 그가 살면서 가장 힘들었을 때 그를 구원한 것은 "멀리 별빛으로 떠 있는 시를 고아서/ 체로 걸러낸 걸쭉한 미음"이었을 것이다. '시를 걸러 만든 걸쭉한 미음'은 그러므로 그가 세상에 내놓고자 하는 그의 전부이다. 시와 삶과 목숨의 삼위일체가 아닐 수 없다. 그런데 그것이 결국은 '미음'으로 구체화됨에 나는 안도한다. 그는 알고 있는 것이다. 저 멀리 별빛으로 떠 있는 게 시가 아니라, 여기 "곡물을 포옥 고아 체로 걸러낸" "걸쭉한 미음"이 바로 시임을. 별빛을 바라보며 우리는 꿈을 꾸지만, 우리의 목숨을 이어가는 것은 바로 미음 한 숟갈이다. 나는 이에서 그의 '미음의 시학'을 읽는다. 사람의 목숨이 되고 삶이 되는 미음의 시라니. 얼마나 곱고 아름다운 실제인가.

시 「단추」에서는 이 같은 미음이 '연민과 긍휼의 연대'로 나타난다.

> 옆 사람이 심하게 졸고 있다
> 객차가 흔들릴 때마다 내 어깨에 머리를 박는다
> 검은 넥타이를 보니 상가에서 밤새우고
> 자부럼 출근하는가 보다
>
> 와이셔츠 단추 하나가 떨어지려는데

꿰매지 못하고 그냥 나왔다
그나 나나 비슷한 처지라며
작은 단추가 봉지처럼 달랑거린다

가만 어깨 베게 대줬더니
손에 들린 신문처럼 반대편으로 넘어간다
반대편 사람이 저무는 어깨를 대준다
단추도 우리도 악착같이 붙어 있다

—「단추」 전문

돌이켜보면 나는 옆 사람에게 내 어깨를 몇 번이나 대어 주었던가. 인색하게도 나는 내게 기대오는 누군가를 그저 바로 세우고자 흠칫 떨곤 했을 뿐이다. 그런데 이 시에서는 어떤가. 그도, 또 그 반대편 사람도 스스럼없이 "저무는 어깨를 대준다" 피로를 아는 사람들의 기꺼운 공감이다. 그는 여기서 사람들의 '단추 정신'을 깨닫는데, 내게는 이것이 연민과 긍휼의 발로처럼 비친다. 세상과의 싸움에서 살아남기 위해서, "작은 단추"들인 소시민들이 할 수 있는 게 무엇이겠는가. 그저 "봉지처럼 달랑거"리면서도 "악착같이 붙어 있"는 수밖에는 없다. 서로서로 어깨 기대고 등 내어주는 것이다. 현대사회에서 고립은 인간소외와 좌절을 낳는다. 혼자서는 저 거대한 자본주의 물질문명에 대항할 수가 없다. 어깨 함께 겯고 견뎌내어야 살아남을 수 있는 것이다.

그의 이와 같은 연민과 긍휼의 연대 정신이 저절로 싹튼 것은 아니다. 그가 이러한 삶의 태도를 갖게 된 데에는 이른바 "이태원 양색시들"과 "야래향"이라는 환경이 적잖이 작용했을 것이다. 그가 태어나 자란 이태원의 이질적인 풍광과 소외된 자의 아슴한 눈빛 같은 것이 그의 본성에 가라앉지 않았을까 싶다. 물론 그의 처음 자각은 "왜 코끝에 분냄새 돌고 어지러웠을까"로 나타난다. 성징性徵의 발현이야말로 새 세계로의 진입 아닌가.

나 태어난 이태원 근처에는 양색시들이 많았어
아이들은 양색시가 사는 집을 야래향이라고 불렀어
왜 그렇게 불렀는지 모르겠어
꼭 양색시 집만 아니라
일본 남자와 같이 사는 여자 집도 그렇게 불렀어
야래향 앞에는 가끔 아이노꼬 소녀가
오도카니 양 무릎 오므리고 앉아 있다 들어가곤 했어
투명한 물방울 소녀를 골목에서 훔쳐보던 나는
달빛 덮은 야래향만 생각하면 코끝이 열리곤 했지
야래향 야래향, 아이들은 소녀를 놀렸는데
야래향, 단어만 들으면
왜 코끝에 분 냄새 돌고 어지러웠을까

삼십여 년 지나서야 분냄새의 정체를 알았어
우연히 중국집 간판을 보고 알았지 뭐야
한문으로 *夜來香*, 밤에 오는 향기

문득 내 어린 시절 떼쓰며 엉겨 붙어
자리가 꽉 찼다는 중국집을 밀치듯 들어간거야
밤에 향기가 멀리 진하게 퍼져간다는 꽃
야래향의 중국어 발음은 옐라이썅이라고 메뉴판에 쓰여
있더라
짜장면하고 개구리튀김 시켜 먹는데,
친구들과 짜장면 먹고 돈 모자라서 내빼던 순간,
둑가에서 회초리로 때려잡은 개구리 뒷다리 구워 먹던 순간,
야래향이란 단어만 들으면 고추 끝이 따끔해지던 순간,
들통날까 봐 비장해 두었던 궤짝 속에서 튀어나오는
순간순간
그 많던 순간들은 어디로 갔는가
에라이 썅, 나도 모르게 욕했는데 글쎄

옐라이썅 옐라이썅 흥얼거리며
야래향 소녀가 쟁반 들고 다가오는 거야
가슴도 제법 봉긋 부풀어 있었어

소녀야 그때 미안해 말 걸고 싶어도 수줍고 떨렸어
너만 보면 머리가 어지럽고 그냥 그랬어
라고 말하려는데, 아뿔싸, 식당 종업원이지 뭐야
그래도 기뻤어
야래향만이 남아 꽃향기 내뿜고
그 시절 야래향 한 됫박쯤 가슴 가득 풍겼거든

—「야래향」 전문

모든 생물이 다 그렇겠지만, 사람에게는 최초의 자리가 유달리 중요하다. 그가 거기서 무얼 먹고 무엇을 보고 어떻게 지냈는지에 따라 일생의 좌표가 설정되곤 하기 때문이다. 미군부대가 있는 이태원 근처 삼각지에서 태어나 자란 김응교에게는 이태원 생활이 그 세계관의 밑자리가 되지 않았을까 싶다. 그는 이들 속에서 이들과 함께 부대끼며 삶의 자리, 그 지난한 곡절의 몸부림들을 자기도 모르게 흡수하게 된 것이다. 그 바탕에 깃든 게 '야래향'이다. 아니, 야래향으로 불리우던 "아이노꼬 소녀"이다. "야래향 앞에" "오도카니 양 무릎 오므리고 앉아 있다 들어가곤" 하던 소녀, 그 "투명한 물방울 소녀를 골목에서 훔쳐보던" 그는 "달빛 덮은 야래향만 생각하면 코끝이 열리곤 했"다. 나는 그의 이 "열린 코끝"을 주목하고 싶다. 그 "열린 코끝"으로 들어온 것은 어지러움증을 유발하는 성징으로서의 "분 냄새"만이 아니었던 것이다. 이들이 곧 함께 어울려 살아 마땅한 우리임을 자각케 하는 본성의 울림도 같이 그의 내면에 들어온 것이다.

이렇게 들어찬 연민과 긍휼의 감정선은 그에게, 일본 유학 시절 거기서 몸으로 살고 있는 한국 여성들을 돕도록 이끈다. 일본 유학에서 만난 한국 여성들은 그가 이태원에서 만난 야래향의 분신이나 다름없었다. "그 시절 야래향 한 됫박쯤 가슴 가득 풍겼"던 여성들을 그는 일본에서 다시 마주친 것이다. 그러나 안타깝게도 이들 여성들은 "야래향만이 남아 꽃향기 내뿜"는 처지가 아니었다. "술집 전전하"던 불법체류자 신분들이었기 때문이다.

술집 전전하다가
나이 들어 더 이상 탱탱한 알몸이 아니기에
동네 남자들에게 속살 팔다가
호텔에서 마사지하며 지내다가
담배에 찌든 시꺼먼 간장 덩어리,
괄약근 늘어진 할망구 웃음, 급기야
불심검문에 잡혀 그저께 한국으로 강제 송환된
그녀의 빈방에서

아내 팬티도 갠 적 없는 내가
가슴에 못만 박힌 여자 팬티를
비행기 접어 상자에 넣을 때,
주민등록상으로 쉰 하고도 넷에게서
국제전화가 왔다

선생님, 스커트나 구두나 침대나 냉장고는
유학생이나 없는 사람들한테 나눠주시고요
옷장 위 박스에 제 방을 들락거리던 남자들 옷이 있어요
그건 북한돕기운동 하는 데 보내주세요

아내 팬티도 갠 적 없는 내가
낚시터의 미끼처럼 버려진 여자의 과거를

비행기 접어 하늘 창고에 날린다

—「비행기」 전문

시「비행기」가 눈물겨운 것은 "불심검문에 잡혀 그저께 한국으로 강제 송환된" 그녀도 아니고, "아내 팬티도 갠 적 없는 내가/ 가슴에 못만 박힌 여자 팬티를/ 비행기 접어 상자에 넣을 때"도 아니다. "주민등록상으로 쉰 하고도 넷에게서" 걸려온 국제전화 때문이다. 그녀는 말한다. "선생님, 스커트나 구두나 침대나 냉장고는/ 유학생이나 없는 사람들한테 나눠 주시고요/ 옷장 위 박스에 제 방을 들락거리던 남자들 옷이 있어요/ 그건 북한돕기운동 하는 데 보내주세요"라고. 그녀가 이렇게 진심을 전할 때 우리는 누구를 연민하고 긍휼해할 것인가. 이에서 그는 시혜施惠와 수혜受惠라는 말이 문득 폭력적임을 깨우치게 되지 않았을까. 사람은 그가 누구든 무엇을 하든 동정의 대상이 되어서는 안 된다 함을. 우리는 다만 서로 나누어 가지며 서로 돕는 관계일 뿐이라는 것을.

그리하여 그가 발견한 각성의 성체聖體가 바로 "성聖 지린"이다. 나는 이 "성聖 지린"이야말로 모심과 긍휼의 성스러운 결정結晶이라 믿는다.

집 없이 산다는 것

애완견 대신 오줌 냄새 품고

쓰레기통 베갯머리 삼아

피부병과 동상凍傷을 가족 삼는 것

오줌 냄새랑 친해지려고 나도 무진 애썼다
홈리스 곁에 앉아 다꽝을 한 달쯤 삭히면 날 만한
시궁창 이빨 앞에서 내 욕망의 다비식도 해봤다
여물 닮은 성聖 지린 증기蒸氣여 !

앗싸, 코끝에
발효하는 오줌 냄새가
배스킨라빈스 아이스크림으로 풀리던 날
나도 나도
예수님에게도 아슴지린 오줌 냄새
석가님에게도 달콤지린 오줌 냄새

—「성聖 지린」 전문

언젠가 등산 갔다가 땀 잔뜩 흘린 뒤, 에어컨에 말린 적이 있다. 그때 풍겨 나오는 몸 냄새라니. 어지러웠다. 내 몸 같지 않았다. 몇 시간 땀 냄새만으로도 이러할진대 오랜 노숙은 어떠할까. 전철 같은 데에 그와 같은 사람이 나타나면 냄새에 밀려나 그 주변이 텅 빈다. 그런데 김응교는 바로 그 속으로 들어간 것이다. "애완견 대신 오줌 냄새 품고/ 쓰레기통 베갯머리 삼아/ 피부병과 동상凍傷을 가족 삼는" 삶 곁으로. 거기서 풍겨오는 "여물 닮은 성聖 지린 증기蒸氣"는 어땠을까. 그는 이렇게 쓴다. "홈리스 곁에 앉아 다꽝을 한 달쯤 삭히면 날 만한/ 시궁창 이빨 앞에서 내 욕망의 다비식도 해봤"다고. 나는 단군신화를 떠올린다. 곰이 쑥 먹고 버틴

것 못지않은 고난의 시간을 견디어냈구나 싶은 것이다. 철저하게 자신을 바꾸는 환골탈태의 시간이다.

그런 점에서 "성聖 지린"은, 우리 시사에 등장한 시성詩聖들 중 가장 하찮으나 젤 귀한 성인일 것이라 여긴다. 생각해 보라. 그가 내뿜는 "아슴지린 오줌 냄새"와 "달콤지린 오줌 냄새"는 얼마나 독특한 시적 법열法悅인가. "앗싸, 코끝에/ 발효하는 오줌 냄새가/ 배스킨라빈스 아이스크림으로 풀리던 날" 같은 법열은 아무나 맞을 수 있는 경지가 아니다. 노숙을 생활화한 예수님이나 석가님쯤은 되어야 이룰 수 있지 않을까.

나는 "성聖 지린"을, 몸 낮추어 그들의 삶을 받아들인 김응교 아니라면 도저히 발견할 수 없는 득의의 영역이라고 본다. 이들 삶의 곡절에 깊이 패인 "상처의 골짜기에서/ 갓 아문 생살이/ 우주의 맑은 즙을 퍼 올리고 있"(「위장과 대화하다」 중에서)음을 느낄 수 있는 시인 거의 없을 것이다. 이런 게 바로, 저 밑바닥 삶들에게 자신의 어깨와 등, 심지어는 자신의 시까지도 헌정하는 자만이 누리는 실천의 광영 아닐까 싶다.

2.

이 시집에 실린 시 「지렁이가 듣는 노래」의 물음이 내게는 아프게 들려왔다. 존재에 관한 질문이면서 시에 관한 물음이기도 하기 때문이다.

> 어떻게 나무들은 구름을 불러오는가
> 어떻게 생명은 젖은 가지에서 살아 오르는가
> 어떻게 물방울은 구름에서 출분出奔하는가
> 어떻게 물오른 입사귀는 엽록체를 빨아들이는가
> 어떻게 지평선은 하늘과 땅을 입맞춤시키는가
>
> —「지렁이가 듣는 노래」 부분

절대자의 자연 질서에 관한 이 물음에 무슨 답이 필요할까. 우리의 몫은 그저 감동에 빠져드는 데 있지 않을까. 그러나 시인이라면 나는 달라야 한다고 생각한다. 시인은 '왜?'를 꺼내놓아야 하는 것이다. 순응은 답이 아니다. 나만의 궁리를 '왜?'라는 물음을 통해 틈입시켜야 하는 것이다. 그래야 시라는 새 우주가 열린다. 하지만 그러기 위해서는 반드시 한 과정을 넘어서야 한다. 시 「지렁이가 듣는 노래」에서 그가 인용한 "고요"라는 시공간이다. 고요에 들어 '왜?'를 꿰뚫어야 비로소 심안이 풀린다. "잠든 어머니 뱃속만치 조용"히 잠겨 '왜?'를 궁구해야 세상의 이치가 홀연 눈에 들어올 것이다.

나는 이러한 고요의 시공간이 곧, 시가 고이는 시공간이라 여긴다. 그러니 너무 바쁘게 심신을 닦달하면 시가 고일 틈이 없다. 걸어다니거나 일하는 와중에도 시 잣는 사람 있겠지만, 그들도 찰나의 고요를 지나왔을 것이라 나는 믿는다. 모름지기 시인이라면 시가 고여 샘솟는 고요의 시공간을 자기 속에 들여야 하는 것이다. 그런데 최근 김응교는 어떨까. 혹 너무 바쁜 것 아닌가 싶다. 실천의 삶 속에서도 찰나의 고요를 드나들 수 있으면 좋으련만, 의식이 너무 깨어 있어 침잠하기 어렵지 않을까 우려되는 것이다.

나는 이제 그가 고요와 침잠을 통해 시와 더 깊이 얼크러지길 바란다. 그는 연구자로서도 뛰어난 역량을 발휘하고 있는데, 그 연구 영역 속의 윤동주와 신동엽, 김수영을 시로 넘어서야 하지 않을까 싶은 것이다. 그에게는 그만한 자질과 시적 역량이 충분하다. 앞에서 우리가 일별했듯이 그가 쌓아놓은 연민과 긍휼의 시작詩作과 '성聖 지린'의 발견에서 보이는 리얼리티는 결코 만만한 적공積功이 아니다.